JN184067

句集

つがるからつゆいり

高橋比呂子

文學の森

句集　つがるからつゆいり＊目次

装画　著者
装丁　三宅政吉

句集　つがるからつゆいり

絵本魔術師

絵本魔術師つがるからつゆいり

無数ならもっとながれる芒種かな

桜桃忌母のみみたぶゆたかなり

天地創造みなたちあがる月見草

青野から父母の婚礼ながながし

母亡くす

母を葬りて萍に遊べず

夏蜜柑抛げて三種の神器あり

堕天使を呑みこむ川鵜飼いならし

みんまやのねむられないこもりうた

変身に一歩おくれて立葵

――絵本魔術師

亡母くる芒種の風となりにけり

恐山を畏れにいにいぜみいちめん

追い越し禁止いちじるしくいちいの木

血縁の黒潮までを泳ぎけり

——絵本魔術師

夏薊そしてみんなやさしかった
栗の花咲きガラス語がいっぱい

北は水水は闇なり黄金虫

黄金虫闇に消えたるカフカかな

奥入瀬の緋鯉は音をのせてくる

金魚二匹戦争を知らざりき

帆立貝はるか軍艦鳥むれて

蟬生まれすぐに北向く地軸かな

母と娘のみづいろ濁りだす晩夏

和金すくう父母のあわれとおもいつつ

父亡くす

人亡くて蒸し鰈一日分

さかさまに夕立きたり亡母待てば

出目金という昭和を掬う

津軽野を洗いつづける虹がある

神もまた骨量測るまくなぎよ

博打の木生き急ぐこと多し

逆立ちの林檎園から狂いだす

通草垂る田園に免罪あり

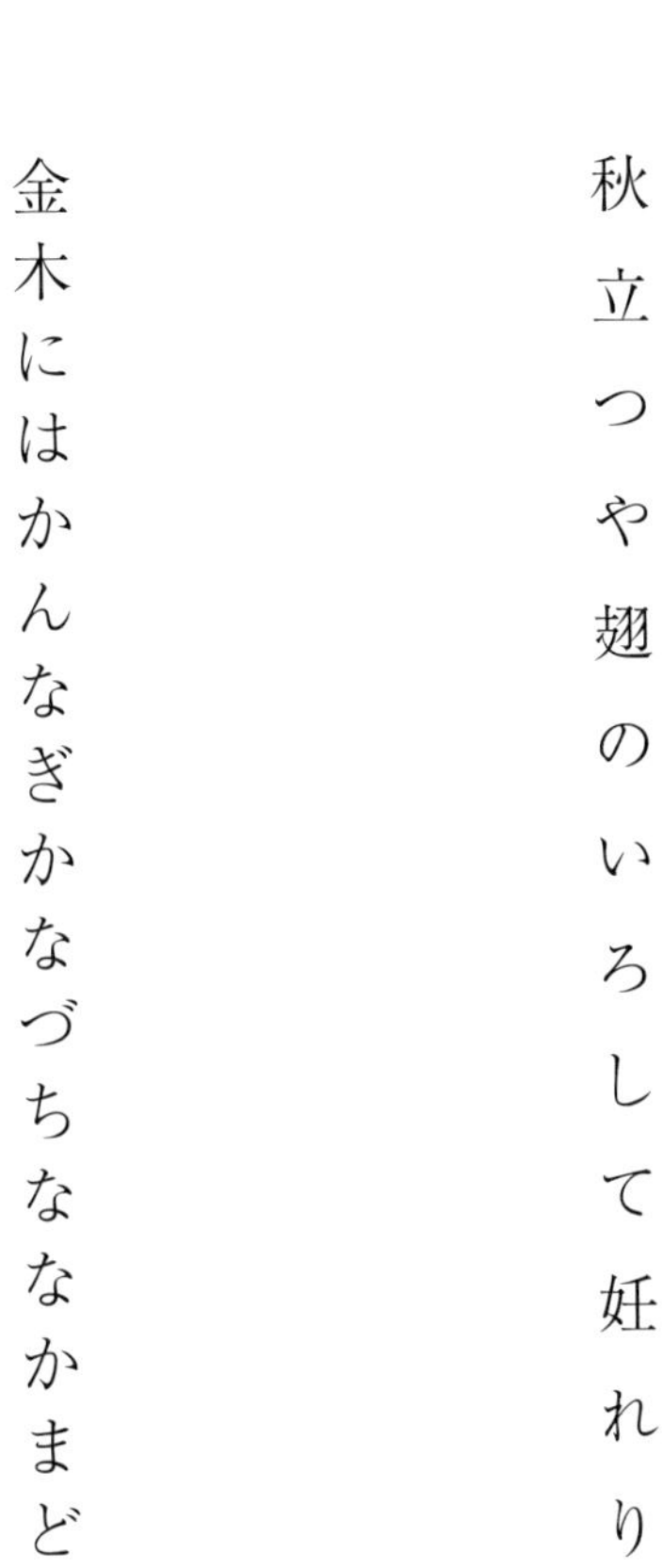

秋立つや翅のいろして妊れり

金木にはかんなぎかなづちななかまど

じょっぱりのそのさきのななかまど

柘榴熟れ薬屋に西日差す

ははの木のははの実のなるははの忌よ

鬼胡桃乳房やわらかくありぬ

天道や蔦からむまで夫と寝て

鬼燈を灯し父母を近くせり

快楽はまつだけさ穴惑い

浅虫の虫喰いだらけの古い地図

——絵本魔術師

母恋し耳もと重くなりしころ

風蓮湖見知らぬ人にくさもみじ

おしゃまんべみんなそろって波越えて

うわさせりせんだんぐさの料理人

ぎやまんの水嵩ふえるあそびかな

菊ノ香ニソマル母マデイニ生キテ

五里霧中狐花嫁大釈迦峠

陸奥湾の狐火ふえるあそびせり

――絵本魔術師

手品師のはつゆきかならず偏頭痛

ガーゼのように母さばかれ吹雪きけり

窯変や雪女郎にまだとおし

木枯らし一号はらからは遅刻せり

またぎ十二月みんだなおな月

陸奥に恵方ありけり紙風船

すずろごとすずなすずしろせりなずな

あるごりずむ食めばあまたの牡蠣の殻

ぽろにうむ降雪の気配して

雪しまく光とも胞衣とも

のさっぷのちちろちろちろ波の花

降雪や平均律とはほど遠く

ふるゆきのこえかけあってひと殺め
ほこさきをするめにむけてねむりけり

雪原をゆりかごとする翁かな

干鱈の一年分は窮屈なり

きさらぎの婚礼は韋駄天

津軽野は鍛冶屋でありし吹雪きけり

しゅーくりーむの真ん中きさらぎ
長万部トンネルながし雪女

――絵本魔術師

きさらぎのかぜのゆくえやえふりこき

風花の数ほどありぬ義経忌

きさらぎの生活（たつき）はなやぎ雪を掻く
黙黙たれ天地風雪たりけるも

――――絵本魔術師

除雪車の轂からからあかつきの
じょっぱりの外側厨なりけり

あつものにこりてだいしゃかとうげかな

冬の街Ω時間から蠢けり

陸奥湾に風花産卵しつつ消ゆ

洛中洛外鎌鼬其ノ後

薄墨桜媼とちがう道をゆく

いとゆう換骨奪胎かな

枕木の溝の深さよ春の星

はるのあめなどこの調剤つれてくる

劣情のうぐいす色の和菓子そう

なつかしく白魚もみあう河口

引き潮や故郷捨てきし漆草

沈丁花さらさらといく乳母車

室蘭の蝶産卵し攪乱し

はるはあけぼのははとふすまあけはなし

天上に母子草あり非婚とす

山独活の風吹く隠者がねむい

母訪えばかならず天南星の花

豌豆のいちからはじまるはなしかな

虚空から紐垂れてくるはるの海

五体投地かな岬は老いがたき

荒星やマリアは老いず芹の花

母泣かせ身うちに棘をためいたり

青森湾愛撫として昏れのこす

浪岡の生あたたかき鯨尺

みちのくは釦ならべてかぞえて遠し

はたはたのいいずししろくたびだてり

溺れる時刻

3・11　14：46　溺れる時刻なり

むこうふくしま魴鮄つれて小女子つれて

感情や石斑魚（うぐい）に喪服あることも

暁に喪服ならべて山帰来

桜前線部分否定全否定

ガラス細工の村落こわれ桜騒

ああ無常大海神（ねぷちゅーん）とはなふぶき

通信の混沌なのですひやしんす

チャクラとは春丘の昇り降り

ぽっぺんこわれ二月のさかあがり

釦ならべてかぞえて立春

未曾有というさくらさくや

せしうむとみきもとさくらあれにしを
人を恋うあれから臘梅咲きました

さくら咲くデボン紀にまにあわない

一日と、三日七日と飛花落花

花文字の色丹島とおもいけり

裸婦像の目鼻削がれて春嵐

蠟梅や天の蜜芯の密

かちかちやまきるけごーるかな

末梢神経までのゆらぎを城とする

末梢神経かぞえて眠る雛月夜

あせちるこりんりんごころがるこりん

さくら散る割れて砕けてＦＵＫＵＳＨＩＭＡの

人間(じんかん)に強弱ときどき木の芽風

葡萄芽の頭痛を放つがらんどう

沈丁花戸籍係のにひりずむ

春の宵弔辞ながれていたりけり

鬼縛の花といえども餓鬼おらず

はしばみやふるさとに山河消え

汝の名よべば菜の花ばかり朝焼けは

嫗またふいに笑いし鶏冠菜(とさかのり)

切腹には美しすぎる蟣蠓よ

と、ゆすり蚊とゆりうすと

はじまりは脱兎のごとし夏薊

河口とは手首から昏れなずむ

新緑や荘子の館みな廃屋

裏山を訪えば牡蒿(おとこよもぎ)かな

空蟬を脱いで厨より来たり

金環蝕影濃くなりぬ蛇衣

仏教やかなしき唄をさるすべり

ウミネコサワグ　風葬ノ刻

風鈴売り風を落としてゆきにけり

殺めては南部風鈴鳴りにけり

ぶりゅーげるのそらみみかなあきかんかな

越後からあんちぴりん氏をつれてきし

岩窟に子蟹あふれてかなしめり

夏椿みんな短冊おいてゆく

次郎たべる六月のゆきどまり

蛇穴と絶景よせるあそびかな

風のなか風をみにゆく河骨や

夏座敷人形の脣崩れゆく

海ほおずき人間（じんかん）かさこそしています

天地無為蛇交む刻たるや

昼月やハンモックのながき無人

玄なるかな漆山に蚯蚓這う

空蟬に五人倒れて道明寺

鏡面に水位あふれし曼珠沙華

立秋の空の論理を首（はじめ）とす

きりきりこりこりみずとかまきり

盂蘭盆の風ひきつれて跳人かな

てのひらで故郷こわれし桔梗かな

八月のうさぎしづかに身籠れり

ななつぼし弔鐘はＦＵＫＵＳＨＩＭＡへ

秋の蝶電信柱たおれあう

ふりさけみればきんもくせいぎんもくせい

しーべると・べくれるとて冬に入る

脳天に美童あふれし冬の地震

鳥葬の谷間にひとつ首かざり

和御魂荒御魂とて石蕗の花

着ぶくれて八人目が敵である

大枯野色身のこるばかりなる

みづいろながしてふたつのすぴか

紙で手を切る湿った漢かな

夏過ぎて冬すぎている墓標かな

黄金分割こいは鯉として泳ぐ

親書かな鬼の一毛まじりいる

風葬や鍛冶屋はもうねむらない

半旗かな水鳥もぐるもぐる

風花に水引結ぶ媼かな

大津波あと金色堂に鷹の舞う

金色堂に鷹舞う霊舞う原発忌

風葬のおおい日一枝みそさざい

恵方から風葬の重さなり

年神も目鼻そろえば歩き出す

老子にも臍あるごとし大垂氷

白拍子有耶無耶の関こえにけり
ねむらさきそのさき消してはならぬ

蘭奢待

伽羅（きゃら）を聞く一瞬は一陀として

臘梅よりもきのうのことは馬の領分

囮籠薬理学は血をながし

白木蓮みんなみじかい息をする

猫ぷかぷか沈香といえり
声あげて鹿とみえたる朧かな

——蘭奢待

小指から鳴りだしてくる沈丁花

春の雨方丈の四隅に耳あるや

ダリの時計音はおとなき夢精かな

空琴(そらごと)の空ことごとくかんぼじあ

――蘭奢待

椿とは唾のみこむほどの間に
国境に器流れてあいにゆく

接骨木を烏賊の摂理とおもいけり

観阿弥の烏帽子は春の海である

前シテはなぐもり後シテそして

鎌倉や口紅水仙ほのと咲く

でで っぽっぽう人体解剖図でありぬ

バス旅ふらり瀬戸貝の気絶して

——蘭奢待

レジヲ打ツ春雨アイビキレジヲ打ツ

春の宵老人生まれ跳びにけり

日蝕やああ太古よりにがよもぎ

ろーるしゃっは人間（じんかん）は春浅きかな

――蘭奢待

ミモザサクカワタレドキガワカラナイ

閏日の誕生日ならめでたけれ

揺れる吊橋いちめんちゃるめるそう

橋なのです黄鯝魚（わたこ）食します

——蘭奢待

山河うるわし姫鯛の浮沈

鳩サブレと黄水仙をあわれとす

すかんぽのみずーりしゅー登校

春光降る白金台に共歩き

——蘭奢待

ギリシャ語の遺品なり塔（あららぎ）は

習習と厨はなやぐ卯月かな

春の夜の天平の皿飛んでくる

紐育いろいろの紐ながれゆく

――蘭奢待

新宿をきみどりいろに妻待てり

旗竿の花のやさしい喉仏

さるとりいばらちりぢりに思惟
と、あるときはゆすりかと化粧群

――蘭奢待

利休忌の旬な挨拶歌舞伎町

理化学研究所彼岸の回転扉かな

花水木すーっとうつろひ
ほこさきのなんばんぎせるはるのゆき

――蘭香待

人妻とよばれ車線変更　新緑

車窓さて殺人かさみだれか

玫瑰の電報さらに老年や

百日草百日まって女くる

——蘭奢待

羅や闇よりも濃くあいにゆく
羅や闇よりも濃く別れけり

柿若葉嘘つきとおすくすりゆび

乳房からほどけてゆきし熱帯魚

——蘭奢待

遠雷や少年の爪伸びはやし

匣に函積んで夢みること打撲

白檀に甲乙つけてくちなわは

太郎ねむる七月のさかあがり

天燈鬼苔うつくしき千年紀

博打の木いといそがし死後あまた

両口屋是清うのはなくだしかな

赤い気球のｉＰＳ細胞の青野かな

――蘭奢待

越前水母の前頭葉にものの申す
暗殺や糸みみずもて隠すらん

夏として老人生まれ丘越える

百日紅すこしよごれて僧きたり

蚊柱に韜晦したる次郎冠者

大正の薔薇の御殿の猫じゃらし

北の一か所かぜはいちじく
ぺぷちど結合切ったらたなばた

——蘭奢待

極北に愛人ねむらせ昼の月

露草の姉は一〇〇三みりばーる

カフカ忌の塔に月光刺さるかな

カフカ忌の両腕のおもさかな

——蘭奢待

鬼胡桃あおあおと年かさねけり

かなかなや次の波きて越えねばならぬ

次の波きて船弁慶にひぐらし

やまかけのぼり太郎のみみづく

——蘭奢待

白亜紀の踵を返すあそびかな

立秋や包帯まいてあいびきしたり

判子屋に秋の風とどこおる

カーテンの水嵩増えてあきあかね

秋なすびきのうとおなじ風吹いて

クローン羊外堀埋めてねむりけり

利休もすなる青竹踏みあかたけふみ

蛸壺に栗あたためてかえりけり

竜胆の白雲ひくくフロイトする

木馬から木馬生まれて十三夜

あかあかと月蝕(く)われみんなあつまる
登別そろそろゆうづきかまぼこか

――蘭奢待

重陽の日本橋なりけり

鉛筆のＢ芯とがらせきるけごーる

十一月のことばつまずきころがって

太陽系をはみだしている腕

——蘭奢待

日蝕や日に幾度か夢をみる

マンハッタンの翁は赤い夢をみる

ろんどんのいねむり会議つづきけり

紀の国のきぬたかんたんいささかいささか

——蘭奢待

魴鮄を解体している少女かな

茗荷から花のいでたる悟りかな

一の酉洛中洛外棒立てて

二の酉の常世の床を引きよせて

——蘭奢待

風蓮湖雁こきこきと人殺め

身欠きにしん炊くことりと親展

小春日の臍の緒のゆくえかな

あしがらやま操り人形ねむり

——蘭奢待

かながしら女にはなき喉仏

生活（たつき）かな金泥の混沌です

鉄引草しらじらと詩に病むや

阿部完市氏追悼

兎きて狐きて狸きて鶏ころぶ阿部館

水飴の南部せんべい阿部なつかし

馬に生れ馬に死にたる朧かな

冬の陣屏風立ててうわさせり

ぽぷら並木　ゆきゆきて倶舎論

砂の聖書ふくろうの火であり

モール泉にごれるまま頬杖は

冬すずめ首をかしげ伽羅という

ゆずりはの次郎の家にゆきふりつむ

尽日の白檀を聞くあぎとかな

新雪きしきし札幌ほろほろいきしちに

寒の空はしぶと烏は食客なり

君が代と嫁が君とのあわいかな

――蘭奢待

風のほどほど音のほどほどでよろし

一日分のためらい東南東の風

横浜のみづいろさわぎみそさざい

クリスマスツリーの先端戦火燃え

——蘭奢待

あわあわと角うまれくる俳句かな

ヘアピン日短につまずけり

ぽすとからとぽすまでの冬銀河

降る雪や東京羊羹よしとする

——蘭奢待

蘭奢待ゆきもかえりも吹雪かな

句集　つがるからつゆいり　畢

あとがき

言葉の恣意性がいわれて久しい。かつて山口誓子は、物と物との関係（二物衝撃）を主張した。俳句に多大な関心を寄せていたリルケは「事物詩」（Dinggedicht）を書いた。そして俳句は「物に語らせる」「擬人法に対して擬物法」とも言われてきた。

一方、言葉と言葉との関係から立ち上がる世界を考えると、それは、抽象画に似ている。カンジンスキーらが挑戦した線と形との関係、色と色との関係、材質と材質との関係により、立ち上がる世界に託した表現方法である。言葉同士の絡み合い、関係性、言葉のリズム、音韻の響き、意味性、それらとの衝撃。『つながるからつゆいり』は、これまでよりも、言葉の関係性に重心をシフトしてみた。

別にこれが新しい方法なわけではなく、これまでもつかわれてきた方法である。私なりの世界が出はしまいかと願っている。

『ふらくたる』『風と楕円』編集の頃に母を亡くし、その七年後に父が他界した。三人の子供達の結婚などもあった。また四年前の東日本大震災の爪痕は癒えず、このところの世界情勢も混沌としている。まさに、人生想定外だらけである。ここまでやってこられたのも、森羅万象と多くの方々のお蔭と感謝する。

本句集上梓にあたり、大井恒行氏には御多用のなか、御選句、御助言を賜りました。「文學の森」の皆様には、いろいろお手を煩わせお世話になりました。その他、様々な俳人、歌人、詩人の方々からも御教示、御示唆をいただきました。皆様に、こころより深謝いたします。今後とも、どうぞ変わらぬ御指導、御鞭撻のほどお願い申し上げます。

二〇一五年　はるあさきころ

高橋比呂子

著者略歴

高橋比呂子（たかはし・ひろこ）　本名　碩子

青森市生まれ。1971年頃から句作をはじめる。「十和田」「紫の会」「吟遊」「未定」を経て、現在「豈の会」「LOTUS」同人。1996年「NHK俳句王国」出演。2005年『風と楕円』出版記念展「風と楕円」ギャラリー・ガングリオンにて、抽象画と俳句のコラボレーション制作パフォーマンス。2008年埼玉県立近代美術館主催の句会「イメージを詠む――熊谷守一の絵から」の企画協力、選者・司会担当。

現代俳句協会会員、国際俳句交流協会会員、埼玉文藝家集団会員、さいたま文藝家協会会員

句　集　『アマラント』（フリーダム句集）
　　　　『ふらくたる』
　　　　『風と楕円』（抽象画とのコラボレーション）

共　著　『21世紀俳句ガイダンス』『日英対訳現代俳句2001』
　　　　『岡井省二の世界』『日英対訳21世紀俳句の時空』
　　　　『星月の惨劇　西川徹郎の世界』
　　　　『修羅と永遠　西川徹郎論集成』等

現住所　〒336-0932　埼玉県さいたま市緑区中尾1983-3

句集　つがるからつゆいり

発　行　平成二十八年一月三日
著　者　高橋比呂子
発行者　大山基利
発行所　株式会社　文學の森
〒一六九-〇〇七五
東京都新宿区高田馬場二-一-二　田島ビル八階
tel 03-5292-9188　fax 03-5292-9199
e-mail mori@bungak.com
ホームページ　http://www.bungak.com
印刷・製本　潮　貞男

ISBN978-4-86438-340-0　C0092